Der Weg ins Märchen

Lieselotte Stiegler

Gedichte
Märchen

Lieselotte Stiegler wurde am 29.12.1950 in
Schladming / Steiermark geboren.
Erste Veröffentlichungen in verschiedenen
Anthologien in der Schweiz und in
Österreich.
„Im Schattenland" Gedichte erschienen bei
Books on Demand GmbH.
ISBN 3-8311-3661-0

Suche ein Märchen
eine Sandburg der Wüste für
die Stromschnellen der Angst
eine Spur für den Wanderer der Sehnsucht
eine Sanduhr für das Vergessen
Suche schnell
der Morgen wiegt die Trauer.

Der Ring der Märchen

In einem Land der Wüsten und der Steppe
In Oasen stiller Schönheit und Legenden
lebten einst zwei Königssöhne.
Geadelt an Herkunft und bescheidener Weisheit
regierten sie ihr Volk und Land.
Von zartem, schlanken Wuchs war Rachim
und das Licht tausender Sterne
spiegelte sich in seinen Augen,
wenn über seine Lippen die Worte
alter Legenden und Märchen flossen.
Traum und Wirklichkeit verheißend
zog er mit goldenem Wanderstab
von Ort zu Ort, von Stadt zu Stadt.
Murad, der ältere, war stark,
gerecht und großen Mutes.
In seiner schützenden Hand

lag vertrauensvoll das Schicksal seines Volkes.
Doch nicht ewig währte das Paradies
mit seinen sieben Himmeln.
Es war im Monat Ramadan,
als ein Schiff aus fremden Lande
im Hafen der Königsstadt ihren Anker warf.
Über Ozeane weit war es gesegelt,
an Bord die stolze Königin der Nacht.
Süß und schwer
wie der satte Duft aus Rosenholz
verzauberte der Liebreiz ihres Körpers
Rachim und Murad, die zwei Königssöhne.
Die Fächer der Leidenschaft
bauten ihre Brücken
Über das Mohnfeld des Verlangens
im Wasserschloss der Liebe.
Um die Gunst der wunderschönen Leila
entbrannte ein erbarmungsloser Kampf der
Brüder.
Wie viele Inseln versanken da im Ozean?
Wie viel Liebe?
Wie eine Weide im Wind
flog Leilas Liebe Rachim zu,
während Fackelträger der Nacht
den Augenblick erweckten.
An der Hand seiner Königin
wanderte Rachim durch das Land
und ein Märchen begann sich aus
der Tiefe seines Herzens zu lösen.
Doch düstere Wolken

zogen über Murads Seele.
Das Lava seiner unerfüllten Liebe
ließ einen tiefen Hass erwachen.
Fest stieß er den Dolch
in seines Bruders Herz,
während dessen unvollendete Legende
in seinem Blut ertrank.
Der gewaltsamen Liebe verlieh Murad sein
Amulett,
als Königin führte er Leila in sein Schloss.
Doch so nahe und so ferne war ihm Leila,
hinter einem zarten Schleier entwich
sie Nacht für Nacht.
Rachims Stimme lockte sie im Traum
und löste sein Märchen aus den Korallenringen.
Verzweifelt hörte man Murad ihren Namen
rufen.
Verschwunden war sie eines nachts und
nur die Flut war stiller Zeuge,
als die Liebste im Meer versank.
Von großem Schmerz erfüllt,
zog tiefe Reue ein in Murads Herz.
Er bot dem Gott Opfer an,
er wollte büßen seine Schuld.
Da erschien im Traum
ihm seine Mutter und
sie klagte und sie weinte sehr.
„Großes Unrecht tatest du dem Bruder an,
du bist der Mörder seines Herzens und des
Märchens.

Lege ab des Königs Robe und
ziehe durch das Land, suche
und erzähle Bild und Wort,
die deines Bruders Werk vollenden!
Suche den Ring der Legende für die Geliebte,
der den Zyklus der Zeit durch den Torbogen
führt!
Auf den Flügeln des Götterboten
kehrt dann vielleicht deine Liebe zurück."

Das Land der Muscheln

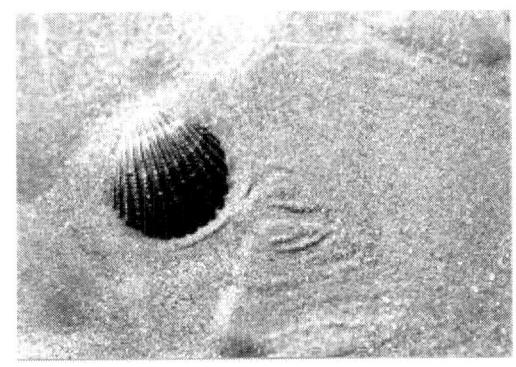

Aus einer Muschel klang die Stimme
traurig und unendlich leise:
„ Mein Land schätzt keine Wahrheit,
liebt die Lüge und warf die Perle mir ins Meer.
Keinen Tropfen ließen sie mir in der Schale,
so werde dem Felsen ich vermählt.
Oh, rette mich und suche das Liebste mir.
Tief am Meeresgrund schwebt viele Jahre schon
sein Herz,
tauche ein in das Salz des Wassers
und bringe mir meinen Schwur zurück,
denn schwarze Wolken verdüstern schon das
Land.
Den Ring der Trauer trägst auch du
in deinen Augen,
darum, Altima, tauche ein ins Meer
und hilf erlösen Land und Volk."
Das Vermächtnis fest in ihrem Herz
klang aus der Brandung schon das Ja.
„ Nur mit deines Liebsten Herz
kehre ich ans Land zurück.
Aricola, rief sie am Meeresgrund,
gib Antwort mir, du stolze Perle."
An steilen Riffen suchte sie,
Delphine wiesen ihr den Weg.
Im zeitlosen Raum des Meeres
spiegelte sich die Schönheit vieler Perlen,
doch keine war Aricola.
Der Klageton der Muschel,
die schmerzerfüllt am Ufer weinte,

ertönte zwischen den Gezeiten.

Geduldig ließ sich Altima von Wellen tragen,
bis der Koralle Ruf vom Wind zu ihr geführt
wurde

„Suchst du Aricola, so komm zum roten Riff,
mein Gast ist er seit vielen Jahren,
denn ohne Haus und Heimat irrte er im Wasser."

Da fand sie ihn, als Gast zwischen roten Steinen,
von seinem Schmerze angezogen,
nahm Altima die Perle in die Hand.

In Ahnung eines tiefen Wissens
schlang sich das Band der Liebe um die Zwei.

Uferlos, nur mit der Meeresströmung
fühlten sie noch Zeit noch Raum.

„ Vergessen wir das Spiel der Jahreszeiten
und bleiben ewig wir vereint," sprach Aricola
zu seiner Liebsten.

„ Die Liebe trennt, wenn man die Zeit nicht
achtet,
denn Ewigkeit gewährt allein der Tod.

Dein Land, dein Haus verlangt nach deinem
Herz,
und meinem Schwur will ich die Treue halten,
denn oft nur Eigenwille führt zu Krieg und
Schande.

Du wirst bald König deines Landes,
der Liebe Preis wird dich entlohnen."

Bald lag die Perle wieder in der Muschel,
und Altima kehrte zurück ins Meer.

Das Volk fand seinen Frieden und liebte

seinen König sehr.
Beim Abendrot sah man den König oft am
Strand,
die Augen voller Sehnsucht in die Ferne,
mit Wehmut dachte er an seine Liebe,
die Muschel immer fest in seiner Hand.
Nach Jahren eines langen Friedens
gab er die Krone seiner Tochter ab
und blieb von diesem Tage an verschwunden.
Niemand hörte mehr von ihm;
nur lag da eine Muschel still am Ufer,
doch keine Träne weinte sie der Perle nach,
zeitlos wurden die Spuren einer Liebe,
deren Geheimnis nur die Wellen ahnten.
Eines Tages teilte sich das Meer,
zwei wunderschöne Riffe tauchten aus dem
Wasser.
Neptun und Nymphe wurden sie genannt.
Wenn das Salz die Schaumkronen lässt glänzen,
und der Wind die Wogen leise glättet,
so hört man sie im Meer erzählen:
Einst fiel eine Perle ins Meer
Es war das Herz des Volkes.

Das Land der Muscheln
(zweiter Teil)

Viele Jahre lang
trug der Wind die Geschichten übers Meer
Am Ufer des goldenen Strandes
tat sich manch Sandbild auf,
denn unermüdlich war die Stimme
der zwei schönen Riffe.
Doch eines Tages
zogen düstere Wolken über den Horizont,
an den Kronen der Wellen
hingen schwarze, dicke Striche.
Rote Tropfen fielen in das Meer,
es waren die Tränen des Volkes.
Auf einer Sandbank
saß ein Jüngling, groß und schön.
Ogir nannte man ihn im ganzen Land,
er spielte Harfe und
seine Lieder waren wohlbekannt.
Traurig und leise tönte seine Stimme
bald lag die Harfe verstummt im Sand.
„Welch Unglück brach herein
in unser Land, rief er den Riffen zu.
Geschütze fliegen durch die Luft,
verwüstet wird die Erde und das Volk.
In die Hände eines mächtigen Herrschers
legten sie ihr Glück und Los,
entraubt dem Schutze ihrer Muschel,

laufen die Perlen nackt nun durch die Strassen.
Das Kleid ihrer eigenen Gedanken
opferten sie einer großen Macht,
ihre Träume sollte dieser Herrscher schnell
erfüllen.
Verwundet liegen die Herzen auf der Erde,
der zarte Glanz der Perle ist dem dunklen Grau
gewichen.
Des Herrschers Wunsch verzerrte sich nach
Reichtum,
mit den Perlen seines Volkes füllte er seine
Kammer.
Und des Herrschers Eitelkeit wurde groß und
größer,
außer Landes schickte er seine Boten,
um die Kunde seines Reichtums zu erzählen.
Doch die Maske seiner Habsucht
wurde auch ihm entrissen.
Mit Schiffen, groß und schwer,
stürmten fremde Heere unser Land,
blutgetränkte Spuren ziehen durch unsere
Heimat,
in prallgefüllte Netze warfen sie
die Herzen meines Volkes und
zogen mit siegessicherem Schrei von dannen.
Oh, ihr Perlen meines Volkes,
so suchet eure Schale wieder,
denn der ungeschützte Schlag des Herzens
gräbt eine dunkle Höhle meinem Schmerz.
Neptun und Nymphe,

so zeigt mir eure Hilfe,
denn der Tod haucht schon Eisblumen
über die Saiten meiner Harfe."
So sprach Neptun:
„Welche traurige Botschaft bringst du
uns ans Meer.
Schaue auf unseren Fels,
an unseren Steinen wohnen
Tausende von Muscheln schon.
Bring die nackten Perlen an den Strand,
sie sollen hören, lauschen den Legenden,
sie sollen sehnen sich nach einem Wort,
das die Mär zu einem Ende bringt.
Ein freies Wort aus ihrem Mund
wird ihr Herz erlösen und
den Schutz der Muschel um ihre Perlen legen."
Und so geschah es,
die Perlen kamen an das Ufer
und holten sich ihr Kleid zurück.
Unermüdlich, Nächte, Tage lang
erzählten Neptun und Nymphe,
klein, kleiner wurden ihre Riffe,
viele Muschel lösten sich von ihrem Fels,
bis sie eines Tages
still im Meer versanken.
Ogir, der Sohn aller Könige,
wurde von seinem Volk gewählt.
Es kehrte Friede ein ins Land
Für die Perlen, fern der Heimat,
wurden Leuchttürme ins Meer gesetzt,

und der Klang der Harfe strömte über Ozeane:
„Wache auf, du neugeborenes Land,
die Harfe stimmt ihr Lied schon an.
Viele Brüder wohnen noch im fremden Lande,
die Musik führt sie zurück mit ihrem Klang.
Aus den Muscheln tönt das Lied des Friedens
Wache auf, du neugeborenes Land."

Der leere Bilderrahmen

Der Fremde am Tor hinter der Mauer
winkt mir zu und belächelt mein Land,
baut meine Brücken, benennt meine Gedanken
Umarme ich ihn, löscht er die Fackel in seiner
Hand
und hinterlässt ein Trugbild.
Ein Akrobat, der vergaß, sein Seil zu spannen.
Der Fremde hinter der Mauer
lockt mit seinem Traum.

Vielleicht war die Welt in ihren Anfängen ein großer Bilderrahmen. Unerahnbar schienen die Grenzen, auf einem ungeteilten Raum lebten Menschen und Tiere. Dieser große Bilderrahmen wurde von unsichtbaren Kobolden gehalten.

Da geschah es eines Tages, dass einem dieser Kobolde die Langeweile plagte. Die silbernen Schattenrisse des Rahmens strahlten eine Ruhe und Unvergänglichkeit aus. Schalk blitzte in den Augen des Kobolds, er war nicht mehr imstande abzuwägen, zu überlegen und er trennte die Welt mit einer unsichtbaren Wand. Mit ihren Köpfen, Armen und Beinen stießen die Menschen gegen dieses Hindernis.

Vor Lachen flossen dem Kobold Tränen aus den Augen, bis zu dem Augenblick, als er den Menschen in die Augen schaute. Die anfängliche Verständnislosigkeit machte einer Panik Platz, die Leichtigkeit ihrer Bewegungen war einer Starre gewichen. Die Angst war geboren.

Da beendete der Kobold sein Spiel und ließ die unsichtbare Wand wieder verschwinden; doch das Gefühl der Grenzenlosigkeit versank in den Armen der Vergangenheit, aus der Erinnerung ihrer Angst entstand eine Wirklichkeit, welche die Mauer stark und zeitlos erdachte.

„Was hast du gemacht, Kobold? Deine Gedankenlosigkeit, dein Leichtsinn haben die Welt geteilt", tönte erzürnt die Stimme seines Meisters.

„Du wirst nun solange unter den Menschen leben, bis sie die Mauer ihrer Angst als Schein erkennen."

Die Sommernacht, in welcher der Kobold Larson ankam, war wolkenschwer, in schweigender Stille versanken die Häuser der Stadt, nur der beleuchtete Turm des Rathauses hob sich von der Dunkelheit ab.

Larson ging die Strasse entlang und nahm Quartier in einer kleinen Pension. Am nächsten Morgen mischte er sich frohen Mutes unter die Menschen der Stadt. Er war ein junger, wohlaussehender Mann, der Unbeschwertheit und Lebensfreude ausstrahlte. Er gewann schnell Freunde, mit denen er im Spiel oder während einer Unterhaltung oft über die vermeintliche Grenze lief. Lange Zeit bemerkten die Freunde Larsons ihre Unbeschwertheit nicht, in der Erde verschwanden die Spuren ihrer Ängste, bis eines Tages einer der Freunde rief:

„Was hast du mit uns gemacht, Larson? Du hast uns verleitet, die Grenze zu überschreiten. Wir wollen dich hier nie mehr sehen."

Aus ihren Augen sprachen Zorn und Wut, sie sahen nicht die Traurigkeit Larsons, der sich still umdrehte und die Stadt verließ.

Durch viele Orte und Städte zog Larson, doch seine Erfahrungen blieben überall die gleichen; Beziehungen und Freundschaften endeten mit dem Überschreiten einer vermeintlichen Grenze.

In einer Stadt lernte er Helen, eine junge Frau kennen.

Lange Haare umrahmten ihr anmutiges Gesicht, aus dem Freude und Sanftheit lachten. Eine tiefe Zuneigung erfüllte Larson, sein Vertrauen, die Welt wieder in eine Einheit zu führen, wuchs auf den Wegen der Liebe. Auf Spaziergängen folgten sie dem Lauf der Flüsse, atmeten die Weite der Wälder, überschritten die Grenze in ein Land, das eine tiefe Ahnung barg. Doch zerbrechlich ist die Sehnsucht nach einem zeitlosen Augenblick. Helen stolperte über einen Stein, ihr Blick fiel auf die unberührte Erde, die geduldig auf Spuren wartete.

„In ein fremdes Land, über Grenzen führst du mich, Larson, rief sie aus. Ich verspüre Angst." Entschwunden war die Sanftheit, rote Flecken des Zornes breiteten sich auf ihrem Gesicht aus. Ohne Abschiedsworte lief sie mit steifen Schritten davon.

„Helen, Helen, komm bitte zurück," gebrochen und voller Trauer klang die Stimme Larsons. Doch nur das Echo seines Schmerzes war die Antwort, immer leiser wurden seine Worte, er weinte haltlos.

„Warum weinst du Larson?"

Als er den Kopf zur Seite drehte, sah er eine schwarze Katze neben sich. Aus ihren schönen, grünen Augen strahlten Mitgefühl und ein tiefes Wissen.

„Warum weinst du?" wiederholte sie ihre Frage.
„Kannst du das denn begreifen, Katze? Meine
Freunde, meine Geliebte, alle verlassen sie mich.
In ihrer Blindheit versinkt die Wirklichkeit, ihre
Sinne bauen Grenzen, an denen Ihre Neugier,
ihre Sehnsüchte abprallen."

„Ich kann sie verstehen, Larson. Du hast deinen
Freunden etwas genommen. Du hast ihnen ihre
Grenze entrissen. Hinter dieser Grenze beginnen
Vertrauen, Glaube, Selbstverantwortung und
Toleranz. Gib sie ihnen wieder zurück, vielleicht
kannst du deine Freunde wieder finden"

Ein leichtes Lächeln glitt über die Lippen
Larsons.

„Meinst du, Katze, sie brauchen einen Schutz vor
einem unbekannten Land, vor Spuren, die sie nie
sehen können? Ich werde ihnen ihre Grenze
zurückgeben, ich baue eine Mauer.

Monate, Jahre arbeitete Larson. Breit waren
seine Hände geworden, voll von Schwielen und
Wunden. Dann stand sie, die Mauer, sichtbar
und stark, eine Mauer aus schweren
Ziegelsteinen. Kein Laut, kein Ton war mehr zu
hören von der anderen Seite, gestorben schien ein
Teil der Welt. Larson begann die Menschen zu
vergessen, er lebte mit der Katze in dem Land,
das die Menschen nicht zu betreten wagten. An
einem warmen Morgen saß er am Ufer eines
Sees, der warme Duft des Frühlings erfüllte die
Luft und sie genossen das Erwachen eines Tages.

Plötzlich wurde die Stille durch ein lautes, stetes Pochen und Hämmern gestört. Larson hob erschrocken seinen Kopf.

„Woher kommt dieser entsetzliche Lärm?" fragte Larson.

Die Katze lächelte und sprach:

„Ich glaube, die Menschen schlagen Löcher in die Wand, sie erweitern ihre Grenzen. Hast du Angst, Larson?"

„Ja ich habe Angst. Warum diese Gewalt?" Immer heftiger wurde das Hämmern, schon fielen die ersten Ziegelsteine zu Boden und Menschen zwängten sich durch die engen Löcher in der Wand. Voll Entsetzen starrte Larson auf diese.

„Warum fürchtest du dich, Larson? Ich kann deine Angst nicht verstehen." sprach die Katze.

„Du kannst mich nicht verstehen, verstehst nicht meine Angst, die realer ist als ihre war. Ich fürchte mich, die Menschen nicht mehr lieben zu können, ich fürchte mich, sie zu verachten." Inzwischen waren schon viele Menschen durch die Mauer gekommen. Die Katze stand auf und lief auf eine junge Frau zu. Es war Helen. Sie bückte sich, streichelte die Katze und sah dann Larson.

„Komm, rief sie ihm zu. Hab keine Angst!" Larson ging langsam auf sie zu. Mit jedem seiner Schritte wurde er kleiner und kleiner. Als er dann

vor stand, war er so klein wie ein Kobold und
Sekunden später war er verschwunden.

Helen blickte in die Weite der Landschaft.

„Ich hatte einen Traum von einem Kobold,
Katze," flüsterte sie.

„Ja, Kobolde sind wie Schmetterlinge, sie
berühren die Welt und verlassen sie wieder
lautlos", sprach die Katze und hob ihren Kopf
gegen den Himmel.

Helen und die Katze

Namenlos geworden
war die Grenze
im Schatten ihres Traumes
Die Ferne lockt
mit dem Morgentau
Im Niemandsland
der fremden Welt
erwacht in einem Wort
ein Traum
Ohne Fährmann fließt
der Styx ins Licht.

„Vor vielen Jahren gab es hier noch keine
Mauer", sprach die Katze. Helen und eine Schar
Kinder saßen im Gras und lauschten den
Geschichten der Katze. Gedämpft klang ein
unaufhörliches Hämmern und Schlagen an der
Mauer zu ihnen. Die Welt hatte sich verändert.
Klein geworden war ihr Lebensraum, Grenzen,
Mauern wurden gebaut. Zwar war die Angst vor
dem Fremden, Unbekannten kleiner geworden,
doch nicht jeden ließ man in sein Land. Tore und
Portale wurden gebaut, keines schien groß und
schön genug. Es gab Portale für Christen, für
Moslems, für Schwarze, für Weiße, für Arme, für
Reiche...
Und wehe, es versuchte jemand sich durch ein
falsches Portal Eintritt zu erlangen, diesem
drohten hohe Strafen, Gefängnis oder Tod.
Auch die Ziegelsteine zum Bau der Mauer
verloren ihren Wert, wurden achtlos
weggeschmissen und durch kostbares Gold und
Marmor ersetzt. In unförmigen Haufen lagen
diese im Wald und auf brachliegenden Feldern.
Sie waren tote Ruinen einer Macht und der
Spielraum der Kinder wurde von Jahr zu Jahr
kleiner.
Da fassten Helen und die Katze den Plan, aus
den Ziegelsteinen einen Turm zu bauen,
einen Turm, dessen Zinnen das Wolkenmeer
berühren, einen Turm, dessen Höhe die
Schwingungen der Träume, Sehnsüchte und

bunten Geschichten dem Wind anvertraut. So entstand abseits des Weltgeschehens ein Spielplatz der Phantasie, des Friedens, auf dessen Mauer sich eine Vielfalt farbenprächtiger Bilder spiegelten. In einem Reigen reichten sich unerreichliche und erfüllbare Träume die Hände. Da geschah es eines Tages, dass dieser Friede gestört wurde.

Ein ungeheuerlicher Donner erschütterte den Turm. Helen und die Kinder stürzten an das Fenster; Rauch und Feuer erhob sich gegen den Himmel. Der Krieg war ausgebrochen.

„Sie verteidigen die Einzigartigkeit ihrer Tore, jedes Land wird zu einem alleinigen Eigentum erklärt. Die Menschen bezwingen ihre Angst, indem sie die Welt in ihrer Vielfältigkeit teilen. Schwarz bekämpft Weiß, Christen die Moslems, Unterdrückte die Diktatoren, Denkende die anders Denkenden…", sprach die Katze.

„Wir müssen etwas dagegen unternehmen, riefen die Kinder. Katze, du verstehst die Sprache der Tiere. Hole die Königin der Bienen, sie wird uns vielleicht helfen können."

Kurze Zeit später saß sie mitten unter ihnen, die Königin der Bienen. Sie erklärte sich bereit, mit dem Heer ihrer Bienen in das Kriegsgeschehen einzugreifen. In Tausenden von Schwärmen sollten sie mit Stichen die kämpfenden Parteien schwächen.

Mit Begeisterung wurde dieser Vorschlag angenommen, nur die Katze erhob ihre Bedenken und warnte:

„Als sichtbare Gegner werdet ihr zu schwach und nicht neutral sein. Und ihr wisst, Gewalt erzeugt bei den Menschen nur Gewalt. Kämpft mit der Maske der Unsichtbarkeit!"

So wurden in wochenlanger Arbeit Tarnkleider für die Bienenarmee genäht und der Tag des Angriffes nahte. Doch nach unzähligen Kämpfen kam die Bienenkönigin in den Turm zurück und sprach:

„Wir sind schwach und zu machtlos. Viele meiner Krieger sind gestorben. Ihr müsst Verstärkung holen!"

So wurden die Läuse der ganzen Welt zu Hilfe gerufen. Sie schlüpften in Tarnkleider und für kurze Zeit schienen sie einen Sieg errungen zu haben. Der unbändige Juckreiz, den sie bei den Menschen auslösten, ließ deren Waffen und Gewehre zu Boden fallen. Aber einen endgültigen Frieden konnten auch sie nicht erreichen. Schließlich griffen die Maulwürfe in den Kampf ein. In einer gewaltigen Erschütterung zerbarsten Mauern, Tore und Pforten und brachten den Turm des Friedens zum Beben.

Helen öffnete ihre Augen, sah um sich die Kinder mit geröteten Wangen schlafen und träumen. Sie lief zum Fenster, an der Mauer hatte sich nichts geändert, der Krieg ging weiter.

„Wir haben alles nur geträumt", flüsterte sie. Neben ihr saß die Katze.

„Sei nicht traurig, Helen, sprach sie. Auch ein Traum ist ein kleiner Anfang, die Welt zu verändern."

Das Meer und der weiße Strand

Zwei Worte liegen zwischen
Sand und Stein
Das eine trägt der Wind
und ruft laut: Freiheit
Der Stein sucht seine Heimat
in der Erde und
gibt der Grenze ihren Namen:
Friede.

Tausende Tage und Nächte berühren meine
Wellen den weißen Sand des Strandes und
tausende Tage und Nächte ziehe ich mich
zurück, um den Horizont zu küssen.
Ich bin das Meer, das weite Meer.
Meine Schaumkronen malen Zeichen des
Augenblicks in die Luft, die nur mir verwandten
Augen sichtbar werden. Mein Herz kann mit den
Perlen lachen, weinen, mein Riff in den Korallen
ist die Heimat vieler Fische.
Ich bin das Meer, das weite Meer.
Manchmal spüre ich Bewegung und Gewalt in
mir. Dann peitschen Stürme mein Wasser hoch
und stören das stille Bild der Luft, dann
schwemmt der Wind den Schmutz vieler
Menschenhände an das Ufer und bricht den
Zauber einer Einheit.
Doch unablässig schlägt mein Herz, es ist das
Salz in meinem Wasser. Oft empfange ich
Schalen voll Tränen und nehme diese als
Geheimnis mit in meine Tiefe. Aus dem Leid
vergangener Tage lasse ich eine Muschel
wachsen und vermähle sie dem Wasser. Nicht
alle Tränen, nicht alle Träume nehme ich auf,
mein Salz möchte ich gerecht verteilen.
Viele Jahre schon kommt ein alter Mann in mein
Wasser, er träumt und weint in einem fremden
Land, denn seine Heimat wurde ihm entrissen,
die Wurzeln seiner Liebe führte man über das
Meer mit einem großen Schiffe fort. Ich kenne

alle seine Geschichten, sein Glück und auch sein Leid. Er liebt seine Heimat, sein Haar ist in der Fremde schon ergraut und bei jedem Wellenschlag zählt er die Tage seiner unerfüllten Sehnsucht und spricht:

Meine Blicke werfe ich ins Meer
Meine Worte werfe ich ins Meer
Nur ein Meer hält das aus
Nur ein Meer kann mich ertragen.

Doch still, ich höre meinen Freund, den weißen Sand am Strand, er spricht zu mir:

„Du beredtes Wasser, du mein Freund, das Meer; schon Jahrtausende berühren unsere Grenzen sich, wir teilen das Licht der Sonne und des Mondes. Du lebst mit deinem Salz im Meer, ich mit meinen Spuren, die Menschen, Tiere in mich treten. Ich zähle sie nicht, ich versenke sie auch nicht in mein Land. Manche trägt der Wind schnell fort, manche fliegen als Legenden mit dem Treibsand in die Welt.

„Doch seit Jahren gibt es eine tiefe, schwarze Spur, die sich nicht löschen lässt. Die Sporen schwerer, dunkler Stiefel graben Tag für Tag Löcher in mein sandiges Land. Es ist die Spur des Herrschers eines Landes, er ist Tyrann, Gewalt und Schmerz zugleich. Es weinen die Sandkörner in seiner Hand, wenn seine Gedanken sich aggressiv zu Fäusten ballen.

Er vertrieb schon viele edle Menschen aus seinem Land, nahm ihnen Heimat, Freunde und Liebe, um seiner Gewalt Recht und Gesetz zu geben. Mein weißer Sand kann diese Spuren nicht ertragen."

Ich kann dich verstehen, weißer Sand, doch Gewalt erzeugt Gewalt bei Menschen, so reichen wir dem Tyrannen mit unseren Stimmen die Hände zur Versöhnung. Rufen wir den Frieden, ich bringe dir die Stimme des alten Mannes, du bringst mir die Antwort des Tyrannen. Zur Stunde der Flut soll es geschehen.

Unsichtbar für den Tyrannen erhebt sich die Gestalt des alten Mannes aus dem Meer und bittet mit Flehen in der Stimme:

„Meine Heimat, meine Freunde möchte ich wiedersehen, meine Erde möchte ich noch einmal sanft berühren. Du ungerechter Herrscher, wirf ab den Mantel der Unmenschlichkeit und lass die Heimatlosen in ihr Land zurück!"

Die Hände bittend an den Strand gerichtet, spricht so der stolze, alte Mann.

Tief, noch tiefer bohren sich die Stiefel des Tyrannen in den Sand.

„Wer redet so mit einem Herrscher, wer ist der Feigling, der so unsichtbar, mir diese Bitte wagt zu bringen? Ich sage NEIN und nochmals NEIN, Verräter meines Landes, bleibt eurer Heimat fern und wagt nicht in fremden Welten eure Botschaft zu verkünden."

34

Während er sich mit drohenden Fäusten im Kreis dreht und tiefe Löcher in den Sand bohrt, zieht sich das Meer zurück und verschwindet am Horizont.
Große, graue Steine ziehen nun die Grenze zu dem feinen, weißen Sand.
„Wo ist mein Meer?" hört man den Tyrannen rufen, bis ihm der Sturm einen großen Stein in sein Herz schlug und die Stimme des Herrschers für immer tötete.
„Das Tor der Heimat öffnet sich , Nomaden", singt das Meer.
„In Oasen warten schon die Wüstenblumen", schreibt der Sand auf seine Erde.

Die drei Raben

Namenlos geworden
war die Grenze im
Schatten eines Traumes
Im Niemandsland der
Fremden Welt prallt
das Echo an den Dünen ab
In eigenen Sein gefangen
spürt sie nun ihre Ketten.

Im heißen Sand der Wüste, verschüttet von riesigen Dünen, verlor einst eine Landschaft ihren Namen. In der Endlosigkeit des Horizonts zeichnete der Wind, nicht sichtbar, nur erahnbar die Illusionen einer Wirklichkeit. Einzeln und in kleinen Gruppen, dicht aneinandergeschmiegt, trotzten mit ihrem saftigen Grün Kakteen dem starken Sonnenlicht. In dieser Landschaft stand eine junge Frau. Gefesselt waren die zarten Gelenke ihrer Hände, schwere Ketten drückten ihre Füße tief in den Sand.

„Ich möchte nicht mehr wollen, die Kraft meiner Gedanken, in deren Schatten der Wille die unwiderruflichen Grenzen seines Zieles zeigt, machen mich zu meiner Gefangenen. Kann mich denn niemand hören?"

In der stillen Weite ertrank ihr Blick, keine Spuren hinterließ das lautlose Echo.

In Ewigkeit versank die Zeit in ihrem Ruf, bis am Horizont ein schwarzer Punkt zu sehen war, der von Augenblick zu Augenblick größer wurde.

Ein schwarzer Rabe setzte sich auf ihre Schulter.

„Sei still, ich habe dich gehört. Willst du wirklich deines Willens enthoben werden?", fragte er.

Noch während sie bejahend nickte, fühlte sie, ihren Körper sich von der Erde lösen, zu Flügeln verwandelten sich die gefesselten Hände, sie wurde zu einem Raben.

In einem nahtlosen Wechselspiel überflogen sie Berge, blühende Wiesen und tiefblaue Meere. Sie kamen zu einem Tempel, der umgeben von tiefroten Rosensträuchern und duftendem Jasmin, eine bescheidene Erhabenheit und Ruhe ausstrahlte. Eine Vielfalt von Schmetterlingen umschwärmten den Garten, es sangen tausende von Vögeln. Vor dem Tempel saß eine wunderschöne Frau. Ihr Gesicht, umrahmt von schwarzem, langen Haar, drückte ein tiefes Wissen aus und doch spiegelte sich ein leichter Schmerz des Verzichtes in ihren Augen. Auf der weißen Haut der Handgelenke ließen Narben die Leiden vergangener Fesseln erahnen.

„Das ist Hannah, sprach der Rabe. Ihr wurde der Wunsch der Willenlosigkeit erfüllt. Sie hat als Diener drei Raben. Ein Rabe fühlt für sie, ein Rabe hört für sie, und du wirst der Rabe sein, der für sie sieht." In einer unzertrennlichen Einheit lebte Hannah mit ihren drei Raben.

Jeden Morgen flogen sie aus, um Worte, Bilder und Gefühle der Welt zu sammeln und ihrer Herrin zu bringen.

Der Rabe, der für Hannah sah, brachte ihr nicht nur Bilder der Gegenwart, sondern auch Bilder einer Zukunft, die einer Gesetzmäßigkeit folgten, die dem menschlichen Auge nicht zugänglich sind. So wurde Hannah zu einer angesehenen Seherin. Jeden Morgen verließ sie ihren Tempel, um den Tag in ihrem Garten zu begrüßen. Eines Tages sahen sie bei ihrem Spaziergang einen Maler im Garten sitzen. Hingebungsvoll führte seine Hand den Pinsel über die Leinwand, sein Bild drang tief in das Geheimnis der ihn umgebenden Natur ein. In einem stillen Einvernehmen, ohne ein Wort zu wechseln, standen Hannah und die Raben hinter ihm und schauten ihm bei seiner Arbeit zu.

Dieses wortlose Zusehen wiederholte sich jeden Morgen, bis sich einmal der Maler umwandte und sprach:

„Das Geheimnis der Vollkommenheit ist in uns selbst. Ich möchte dich malen, Hannah."

Zu ihren Füßen die Raben, setzte sich Hannah vor dem Maler in die Wiese. Unendliche Stille breitete sich im Garten aus, nur den Ton des Pinselstriches auf der Leinwand konnte man vernehmen. Die Hände des Malers wurden immer schneller, sie begannen zu zittern, er schloss die Augen.

„Ich kann dich nicht malen, schicke deine Raben zurück in den Tempel", sprach er zu Hannah. In sich versunken, den Kopf tief auf seine Brust gesenkt, saß der Maler vor seinem leeren Bild, auf dem der Mond geisterhaft die Umrisse von Schatten der Bäume zeichnete. Lautlos erhob sich Hannah und kehrte in ihren Tempel zurück. Als die Sonne einen neuen Tag ankündigte, zogen die drei Raben aus, um ihrer Herrin neue Bilder, Worte und Gefühle zu bringen. Der Rabe mit den Bildern kehrte als erster zurück und legte sie Hannah zu Füßen.

„Der Maler wird sterben, Hannah, sterben an seiner Verzweiflung, sterben an der Leere seines Bildes", sprach der Rabe.

Ein Gefühl, das sie nie gekannt hatte, stürzte auf Hannah ein. Was ist es? hörte sie sich fragen. Eine unbändige Kraft, gleich einem glühenden Schwert, bohrt sich in meinen Körper; der wunderbare, goldblaue Frühlingstag mit seinen blühenden Bäumen und Blumen versinkt hinter einem Schleier.

Sie spürte eine Träne auf ihrer Hand. Zart strich der Rabe mit seinem Flügel über ihre Wange, löste sich von ihrer Schulter und er, der Diener ihrer Gefühle, erhob sich und flog gegen die Sonne.

Unter den lieblichen Gesang der Vögel mischten sich die Klagelaute des Malers. Hannah konnte dieses Klagen hören. Sie spürte die Narben an ihren Händen und rief: „Welche fremde Kraft ergreift von mir Besitz? Ich, die ich der Welt Klänge einer Zukunft in den Schoß lege, spüre Schmerz in meinen Ohren. Klänge überschwemmen meinen Körper und tragen mich fort in ein unbekanntes Land.

Rabe, bring mir die Töne, weise mich ein in meine Melodie!"

„Du kannst deinen Schmerz hören, Hannah, du brauchst mich nicht mehr", antwortete der Rabe. Er legte ihr das Kleid seiner Dienerschaft zu Füßen und entschwand. Hannah lief in den

Garten und setzte sich vor den Maler. Die leere Leinwand starrte ihr entgegen, verstreut lagen Pinsel auf der Erde, aus den Töpfen ergossen sich kräftige Farben über die Wiese. Der Maler blickte auf Hannah, die unbeschreibliche Leere der Erschütterung wich einem Erstaunen, er ergriff den Pinsel und begann zu malen. Durch einen Tränenschleier konnte Hannah ihr Bild entstehen sehen. In ihrem freudigen Aufschrei, „Ich kann mich sehen", mischte sich sanft der Flügelschlag des Raben.

Hoch am Horizont sah sie den letzten ihrer Diener entschwinden.

Hinter Wolken
winkt der Abschied
Mit glänzendem Gefieder
entschwinden die Diener einer Welt.
Silhouette ihres Atems
stolz schlägt sie ein Rad
Hinter Wolken
legt er ab sein Federkleid
der Rabe

Der Zwerg und die Königin

Sebastian lag, die Hände hinter dem Kopf verschränkt, auf seinem Bett im Dienstbotenzimmer. Sein kleiner, schmächtiger Körper wirkte verloren in dem großen Bett. Er war ein Zwerg und stand schon unzählige Jahre, vielleicht hundert oder tausende Winter und Sommer, im Dienst der mächtigen Königin Isabella von Tantalien. Sein dichtes, schwarzgelocktes Haar umschmeichelte das zarte Gesicht, aus dem grüne Augen verträumt zur Zimmerdecke blickten. Leise von allen Seiten und Ecken des Raumes drängten silberne Schatten, drehten sich im Kreis, umwarben Traum und Leben. Aus den Rosenblättern floss ein Rot, malte Blumen von betörender Schönheit, spendete dem Tag Licht und Stärke. Aus Quellen ergoss sich ein sattes Grün, das Augenblicke in sich barg und in vielen Flüssen zu fließen begann. Der sanfte Ruf der Nachtigall gebar das intensive Blau des Himmels, der mit unendlicher Freiheit lockte. Sebastian atmete tief und lächelte; er war in seiner Welt, in einer Welt von Bildern und Klängen.

„Sebastian, wo bist du? Komm zu mir!"
Eine schrille Stimme riss ihn aus seinen Bildern. Die leuchtenden Farben, die umschmeichelnden Töne entschwanden. Grau und farblos starrte ihn die Decke entgegen. Sebastians Augen verloren ihren Glanz, mühsam setzte er sich auf, er fröstelte.

„Sebastian, hörst du nicht ?"

Die Tür des Zimmers öffnete sich und Königin Isabella von Tantalien stand vor ihm. Die scharfen, markanten Züge ihres Gesichtes wurden verstärkt durch schmale Lippen, unter den dünnen Augenbrauen blickten Augen böse auf Sebastian.

Ihre rechte Hand hob den Saum ihrer schweren Samtrobe, ein kostbarer mit Diamanten besetzter Gürtel lag um ihre Taille und unterstrich die Hagerkeit ihres Körpers.

„Zu ihren Diensten, Frau Königin, sie sehen wunderschön aus."

Sebastian war wieder in der Welt der Sprachlosigkeit, in der Welt der Gedanken und Worte der Königin. Eine Stummheit, die ihn bis ins Innerste durchdringen musste, war oberstes Gebot. Eigene Gedanken und Gefühle waren verpönt; für die Königin durfte er nur ein Diener ihres Gewissens sein.

„Heute", so sprach sie, „werde ich alle Bauern und Handwerker vorladen, die mit ihren Abgaben im Rückstand sind.

In den Kerker werfe ich diese Taugenichts."

Tief verneigte sich der Zwerg und antwortete: „Frau Königin, das Land wird ihren Sinn für Gerechtigkeit zu schätzen wissen, Volk und Leute werden ihnen zu Füßen liegen."

Sie befanden sich in dem prunkvollen Empfangssalon der Königin. Isabella von

Tantalien durchschritt mit wiegenden Bewegungen den mit rotem Samt ausgelegten Raum, blieb vor dem riesigen Wandspiegel stehen und lächelte sich eitel zu. Dieser schöne, junge Mann, den ich gestern zu Hofe das erste Mal unter den Tanzenden sah, muss mein werden, dachte sie. Sicher ist er von niedrigem Rang. Noch nie zuvor sah ich ihn.

Ein tiefes Rot breitete sich über ihre Wangen aus, Begierde stahl sich in ihre Augen. Im Spiegel blickte sie auf Sebastian, der alle ihre Wünsche, Begierden reflektieren musste, ohne eine eigene Meinung haben zu dürfen.

„Ihr müsst ihn in den Adelstand erheben", sprach der Zwerg.

„Sebastian, hole mir diesen jungen Mann!" befahl die Königin.

„Ihr habt mich rufen lassen, Hoheit?", leicht neigte der junge Mann den Kopf. Kecke, blonde Locken fielen ihm in die Stirn, aus seinem gebräunten Gesicht lachten Lebensfreude und Kraft.

„Ich habe dich auserkoren, in meine Dienste am Hof zu treten", sprach Isabella von Tantalien zu ihm."

„Ich weiß diese Ehre zu schätzen, meine Königin, doch ich kann ihr Angebot nicht annehmen; ich habe eine Braut und wir möchten noch in diesem Monat Hochzeit feiern."

Das neckische Lächeln der Königin wich einem hasserfüllten Blick und drohend hallte ihre Stimme im Raum.

„Wache, werft diesen Mann in den Kerker!" Da geschah es. Sebastian blickte auf diesen jungen Mann, sein Herz pochte laut und der Schmerz über die Ungerechtigkeit und das Selbstgefallen der Königin war größer als sein Gehorsam als ihr Diener.

„Nein, nein, das werdet ihr nicht tun, Isabella von Tantalien!", rief der Zwerg aus.

War das die Stimme ihres Dieners? Die Königin drehte sich um zu ihrem Zwerg, der in der Ecke saß und immer wieder die gleichen Worte ausstieß: „Nein, nein!"

Fassungsloses Staunen ergriff die Königin, ihre Hände ballten sich zu Fäusten.

„Diesen Ungehorsam wirst du büßen, Zwerg!" Sie rief ihre Minister und engsten Vertrauten zu sich, um eine Strafe für Sebastian zu finden. Viele Tage saßen sie zu Gericht, doch niemand war imstande, einen Vorschlag zu bringen, der den Zorn der Königin lindern konnte. Keine Gewalttätigkeit schien ihr groß genug, die ihr widerfahrene Erniedrigung besser ertragen zu können. Eine hatte sich noch nicht zu Wort gemeldet. Es war Xavia, im ganzen Land als Meisterin der Magie bekannt. Ihre listigen Augen sprühten Hass, als sie auf Sebastian blickte. Sie erhob ihre knöcherne Hand und sprach:

„Ich kann ihm die Worte, die Sprache nehmen, stumm wird er in Zukunft für diese Welt sein."
Dieser Vorschlag wurde begeistert angenommen. Xavia machte Sebastian stumm. Die Wachen packten ihn und warfen ihn aus dem Schloss. Eine berauschende Welt tat sich für Sebastian auf, seine Träume wurden Wirklichkeit.
Er lief über blühende Wiesen, roch die feuchte Erde und hüllte sich in die bergende Wärme der Frühlingstage. Auf seiner Wanderung durch die Dörfer erwarb er sich Brot auf Bauernhöfen oder er tanzte und spielte am Dorfplatz für Groß und Klein. Er war stumm, doch sein Lachen, sein Weinen, seine Geschichten zeigten sich in unzähligen Bildern, die aus seinen Augen flossen. Die leuchtendsten Farben entlockte er durch die Anmut seiner Tanzschritte der Erde. Doch auf der Leinwand seiner Welt malte nicht nur Sebastian allein, sondern alle Menschen, die er auf seiner Reise traf. Aber nicht alle waren gute Menschen. So schlichen sich in die leuchtenden Farben graue, schwarze Schatten, hässliche Linien durchbrachen die Harmonie mancher Pinselstriche. Die Bilder des Zwerges wurden ein Teil seines Körpers, sie wuchsen, vermehrten sich und forderten ihren Platz. Er wurde dicker und dicker, seine Bewegungen verloren ihre Anmut, um seine Augen bildeten sich schwarze Ringe, wie Bilder an der Wand hingen Arme und Beine am schweren Körper. Langsam, nur mehr in

kleinen Schritten bewegte er sich weiter, tiefe
Spuren im Staub der Straße hinter sich ziehend.
Sein Brustkorb hatte die Form eines großen
Gemäldes. Angst ergriff Sebastian, er drohte zu
ersticken. Am Wegesrand saß ein kleines, altes
Weibchen. Mitleidig winkte sie Sebastian und
sprach:
„Armer, kleiner Zwerg, die Bilder einer Welt
erdrücken dich. Nicht weit von hier hinter dem
Wald ist das Land der Märchen und
Geschichten. Geh dort hin, vielleicht können dir
die Elfenkinder helfen!"
So ging der Zwerg in das Land der Märchen.
Elfen liefen ihm entgegen, bildeten einen Reigen
um Sebastian und in dem Klang ihrer Stimmen
war eine Leichtigkeit, in der die Töne ihrem
Echo lauschten. Eine der Elfen trat aus dem
Reigen.
„Du kannst deine Bilder hier in der Erde
vergraben, doch es wird eine einmalige Hilfe für
dich bleiben; nicht alle Bilder dieser Welt kannst
du in dir aufnehmen, lerne zu unterscheiden,
lerne das sanfte Wechselspiel zwischen Öffnen
und Schließen deines Herzens."
Leiser wurden die Klänge, die Elfen
verschwanden. Sebastian hob die Hände gegen
den Himmel und atmete tief. Er war frei, leer.
Einsame, entlegene Wege luden ihn ein, die
gewonnene Freiheit zu genießen. An einem lauen
Sommerabend gelangte er zu einem Holzhaus,

das umgeben von blühendem Ginster und Rosensträuchern, eine einladende Behaglichkeit ausstrahlte. Vor dem Haus saß eine junge, schöne Frau. Sie flocht Kränze aus bunten Wiesenblumen; ihr zu Füßen balgten sich junge Katzen. Sebastian begann zu tanzen, eine Aura von Farben begleitete seine Bewegungen und umwarben die junge Frau. Sie schien den Zwerg nicht zu bemerken, unermüdlich knüpften ihre Hände Blüte um Blüte. Als die untergehende Sonne die Nacht ankündigte, erhob sie sich, ergriff ihren Stock und verschwand im Haus. Sie war blind.

Hinter einem grauen Schleier verschwand das Haus; eine Traurigkeit erfüllte den Zwerg, da er den Wunsch nach Worten verspürte, um der jungen Frau seine Liebe gestehen zu können. Ich werde die alte Frau suchen, vielleicht kann sie mir helfen, meine Sprache wieder zu finden. Das alte Weibchen lächelte ihm entgegen.

„Ich habe dich erwartet, kleiner Zwerg, du suchst deine Worte, du möchtest wieder sprechen und singen. Verkleide dich und kehre zurück in das Schloss der Königin Isabella von Tantalien. Tritt in ihre Dienste, biete ihr deine Bilder an!"

Sebastian nahm ihren Rat an und wurde wieder Diener der mächtigen Königin. Tage und Nächte lang musste er an ihrer Seite stehen, als treues Spiegelbild ihrer Seele und Bilder. Grenzenlos war ihre Eitelkeit, sie wollte immer mehr.

„Schneller, schneller, du fauler Wicht", spornte sie ihn an. Morgen werde ich eine große Ausstellung machen. Berühmt, weit über die Grenzen meines Landes, werde ich nicht nur als mächtige Königin sondern auch als Künstlerin sein."

Der Zwerg durfte sich keine Ruhe gönnen, er kniete am Boden zwischen den Farbtöpfen und Pinseln und einer Unzahl von Bildern. Bilder, aus denen ihm groteske Fratzen entgegenlachten, Bilder, deren grelles Rot zwang, die Augen zu schließen, Bilder, über die schwarze, dicke Striche höhnisch über zartes Blau liefen. Es waren Seelenbilder der Königin. Diese sah die Gemälde mit den Augen der Eitelkeit, mit siegessicherem Lächeln wandelte sie durch ihre Gemächer und gab Anweisungen für die Ausstellung. Viele Menschen waren der Einladung gefolgt, Könige von fernen Ländern, Kunstliebhaber und Gelehrte strömten ins Schloss. Sie standen einzeln und in Gruppen vor den Bildern. Manche verbargen ihr Lachen hinter vorgehaltener Hand, manche hielten den Kopf gesenkt, um das Entsetzen in ihren Augen verbergen zu können. Aus einer Ecke des Saales klatschte jemand beschämend leise. Da wurde sich die Königin ihrer Niederlage bewusst. Mit hochrotem Kopf lief sie ins Dienstbotenzimmer.

„Du hinterhältiger, gemeiner Wicht. Xavia wird
dir deine Bilder nehmen, im tiefsten Kerker wirst
du schmoren!" schrie sie.
Sebastian saß vor seiner Leinwand, auf der die
Worte Liebe und Friede gemalt waren. Worte
kann man nicht einsperren, sie verlangen
Freiheit, sie bekommen Flügel auch nach
jahrelangem Gefängnis. Er blickte der Königin
ins Gesicht und sprach:
„Du branntest Wunden in meine Haut, du
schlugst meine Nächte lahm, doch heute benennt
es meinen Tag, das Wort."
Sebastian war erlöst von seiner Stummheit, er lief
singend über die Treppen des Schlosses durch
den Park, öffnete das schmiedeeiserne Tor zur
Freiheit, warf noch einen Blick zurück auf den
Ort seiner Gefangenschaft und sah einen riesigen
Bilderrahmen, dessen leere Leinwand schwieg.

Die Leute von Westnein

Weicht die Ohnmacht einer Macht
umkreist der Steppenwolf das Land
Im Netze seiner schwarzen Einsamkeit
zählt er jeden Tropfen Blut der Untertanen,
um ihr Herz zu töten.
Auf jedes Wort drückt er den Stempel
der Gemeinsamkeit,
um im goldenen Käfig seinen Wolf zu rühmen.
So wandern stumme Laute durch die Strassen
Armes, stilles Land
zu Steinen werden deine Laute.
Doch in den Dünen wartet die Heimat
Wandere Nomade, wandere schnell,
denn in den Oasen ertrinkt die Hoffnung.

Schon viele Jahre lebte der Briefträger, Jakob Semmelweiß, in einer mittelgroßen Stadt in Westnein. Die meisten Menschen in dieser Stadt kannten ihn, grüßten ihn freundlich, wenn sie ihn bei seiner täglichen Arbeit die Straßen mit seinem Fahrrad entlang fahren sahen. Sein schmales Gesicht, das nur mehr von einem spärlichen Haarkranz umrahmt war, strahlte Wärme und Zufriedenheit aus; unter dicken Brauen blickten blaue Augen offen in die Welt. Und doch umgab ihm eine Aura von Unnahbarkeit. Seine menschlichen Kontakte beschränkten sich auf das Verteilen der Briefe, auf ein paar freundliche Worte vor der Haustür, oder manchmal an Sonntagen auf ein Glas Bier in einer Männerrunde im Gasthaus. Er lebte gerne in seiner Stadt und war ein stiller Beobachter des bunten Treibens in den Straßen und engen Gassen. Tag für Tag war Jakob Semmelweiß einer der ersten, der die Atmosphäre der Stadt, wenn sie sich aus dem Schleier des Morgengrauens erhob, in sich aufnahm. Nur das leise Treten des Fahrradpedals unterbrach die Stille; vorbei an der spätromanischen Kirche fuhr er über eine Brücke zum Marktplatz. Der imposante Bau des Rathauses war frühmorgens noch seiner Wichtigkeit enthoben, die Fahne vor dem Portal wehte sanft im Wind. Fast immer auf die Minute genau schob Jakob Semmelweiß sein Fahrrad durch die Geschäftsstraße der Stadt, wo er Zeitungen und Briefe vor die Eingangstüren legte. Wenn er dann durch den gepflegten Stadtpark fuhr, spürte er das Erwachen des Alltages. Doch heute, an einem ganz gewöhnlichen Tag, schien etwas verändert. Die Stille war einer sichtbaren Unruhe gewichen. Es sind noch zwei Wochen bis zu den Stadtratswahlen, erinnerte sich Jakob Semmelweiß. Riesige Werbeplakate der Parteien zierten Straßen und Waldwege. Als Jakob sein Fahrrad auf dem Kiesweg durch den Park schob, wurde er von einer Stimme aus seinen Gedanken gerissen.

„Nimm Platz, Briefträger, leiste mir Gesellschaft! Zu schön ist der Tag, um sich keine Musestunde zu gönnen."

Leopold, der Landstreicher, saß auf einer Bank und lächelte Jakob einladend zu. Schon viele Jahre war Leopold ein geduldeter Gast in dieser Stadt. Niemand wusste, woher er kam, niemand teilte das Geheimnis seiner Vergangenheit. Aus einem Zeitungsblatt packte er ein Stück Brot aus, begann mit Genuss zu essen und sprach zu Jakob:

„Du siehst müde und bedrückt aus, Briefträger"

„Schon viele Jahre lebe ich nun in dieser Stadt und von Jahr zu Jahr wird diese unbekümmerte Sorglosigkeit mehr zum Schein. Ein Schein, hinter dem sich etwas Drohendes verbirgt, dass die zerbrechliche Hülle einer allgemeinen

54

Zufriedenheit zerstören wird. Du wirst meine
Sorgen nicht verstehen, du hast dich ja einer
gemeinsamer Verantwortung entzogen."
Leopold zog sich seinen schmutzigen Hut tiefer
in die Stirn.
„Du hast recht, ich mache mir nichts mehr aus
öffentlichen Dingen, aber um Verantwortung zu
tragen in einer Gesellschaft, sollte man zuerst
lernen, diese für sich selbst übernehmen zu
können."
Laute Musik ertönte hinter ihnen auf der Wiese.
Jakob drehte sich um. Jugendliche saßen im
Gras, volle und leere Bierflaschen vor ihnen
stehend, grölten sie und pöbelten vorbeigehende
Passanten an.
„Die Anzahl der arbeitslosen, jungen Menschen
wird immer größer. Aus ihren Gesichtern
schreien Unzufriedenheit, Aggression und Zorn.
Sie missachten das Recht der Fremden, der
Schwachen in unserem Land", sagte Jakob.
Der Landstreicher verteilte seine Brotkrümel an
die Tauben und schüttelte den Kopf.
„Das Problem unseres Staates sind nicht nur die
Opfer sondern auch ihre Mörder."
Jakob Semmelweiß erhob sich, nahm sein
Fahrrad.
„Sie suchen ein Vorbild, ein Ideal."
Missbilligend klang Leopolds Lachen.
„Mein lieber Briefträger, die Macht des Ideals..."
Seine Worte gingen in einem lauten Schreien und

Rufen unter. Jakob Semmelweiß hatte keine Zeit mehr, sich umzudrehen, denn schon wurde er von einer Menschenmenge mitgerissen. Krampfhaft sich an seiner Lenkstange festhaltend, ergriff ihn ein Gefühl der Machtlosigkeit. Willenlos trugen ihn seine Füße, seine Gedanken, seine Stimme gingen in der Masse unter; einer Masse, die individuelle Wünsche und Vorstellungen in Ketten legt. Jakob drehte den Kopf zur Seite, um den Blick eines bekannten Gesichtes zu erheischen, doch es gab nur ein gemeinsames Gesicht, einen gemeinsamen Klang. Dann kam unerwartet schnell diese reißende Bewegung zum Stillstand. Schweiß lief Jakob Semmelweiß von seiner Stirn, er senkte den Kopf und sah, dem Himmel sei Dank, seine Füße, seine Schuhe, seine alten, schwarzen Lederschuhe. Das Schreien der Menge war verstummt, sie lauschte mit Spannung der Stimme eines Mannes, der mit Überzeugungskraft vom Rednerpult rief: „Habt ihr dieses immerwährende Bejahen nicht satt? Wir, die Nein und Nichtreformer haben Mut zu unserem Nein."
„Diese Stimme, die andere zum Schweigen bringt, woher kenne ich sie?", fragte sich Jakob. Er schloss die Augen und aus dem Nebel der Vergangenheit stiegen Bilder.
Er ließ sich von diesen tragen und fand sich im Klassenzimmer 6a der Knabenrealschule in

Sperbach. Peter Wolfinger stand vor dem Klassenpult und sprach: „Freunde, es ist Zeit, uns zu wehren. Wie lange wollt ihr noch diesen senilen Professor ertragen? Kann unser nationales Gedankengut in dieser Engstirnigkeit wachsen? Ich setze mich für Freiheit ein, und ihr? Sitzt euch die Feigheit in den Knochen? Diese versteckten, jüdischen Ansätze wollen wir nicht gehorsam schlucken in unserem Geschichtsunterricht. Wer mir Recht gibt, hebe seine Hand!"

Jakob saß in der letzten Reihe, er sah seine Mitschüler unruhig auf den Bänken rutschen. Einige drehten sich, Zustimmung heischend, nach ihm um und erhoben dann mit geröteten Wangen die Hand.

Peter Wolfinger war in der fünften Klasse zu ihnen gekommen. Seine Eltern entstammten einem gutbürgerlichen Haus und wurden in den gesellschaftlichen Kreisen dieser Stadt sofort aufgenommen und anerkannt.

Natürlich war Peter Klassenprimus. Er hatte ein angenehmes Äußeres, regelmäßige Gesichtszüge, in denen manchmal für kurze Augenblicke ein Zug der Verbissenheit auf den schmalen, zusammengepressten Lippen lag. Seine besondere Gabe lag in der Schnelligkeit, die Wünsche und Unzufriedenheit seiner Mitschüler noch vor ihnen zu erkennen und diese geschickt für seine Ziele einzusetzen. Jakob Semmelweiß und Peter Wolfinger wurden keine Freunde. Das klare Nein Jakobs aus der letzten Reihe blieb als lautloses Echo bis zur Reifeprüfung in der Klasse und in einem unausgesprochenen Übereinkommen wurde diese Feindschaft nie offen ausgetragen.

„Schreit es heraus, euer Nein, tausendmal am Tag, mit Spontanität und seelischem Muss!" Abrupt wurde Jakob aus seiner Erinnerung gerissen. Er öffnete seine Augen und sah Peter Wolfinger am Rednerpult stehen. Er hatte sich nicht verändert, seine hagere Gestalt steckte in einem eleganten Anzug mit passender Krawatte. Und nur Jakob konnte das siegessichere, leicht verächtliche Lächeln auf seinen Lippen sehen. Plötzlich begann ein Schreien und Toben. Das Nein, das unwiderrufliche Nein war geboren. Mit Tränen in den Augen stand Jakob in der Mitte, aus seinen zitternden Lippen kam ein leises Ja. Doch niemand hörte Jakob Semmelweiß. Die Wahlen endeten mit einem Sieg der NDNR, der Nichtdemokratischen Nichtreformer, was eine große Umwälzung aller Ministerien zur Folge hatte. Das vorgegebene Nein zog seine Spuren. Die Gesichter der Menschen in der Stadt verloren sich hinter einer starren Maske des Ideals. Jakob Semmelweiß fühlte sich nicht mehr wohl in dieser Stadt. Bei seinen alltäglichen Wegen durch die Strassen und Gassen schwang eine Ohnmacht in ihn; die morgendliche Stille war einer unerträglichen Ruhe gewichen. Die Fremden, die noch in der Stadt geblieben waren, schlichen lautlos an Hausmauern entlang und verschwanden schnell in ihren Hauseingängen. Das freundliche Lächeln, die Spontanität ihrer Körperlichkeit waren einem Achselzucken und einem müden Schütteln des Kopfes gewichen. Nur Leopold war geblieben, der er immer war, ein Landstreicher. Tag für Tag saß er auf seiner Bank im Park, fütterte die Tauben und genoss die warmen Strahlen der Sonne. Jakob blieb mit seinem Fahrrad vor ihm stehen.

„Wie kannst du deine Ignoranz ertragen?" fragte Jakob ihn.

Leopold hielt seinen Kopf gesenkt, zeichnete mit einem Zweig Figuren in den Kies und sagte:

„Entreißt du ihnen die Maske ihres Ideals, ohne einen Ersatz anbieten zu können, wird dich ihre Hilflosigkeit schmerzen, werden dich ihre Ängste in die Flucht schlagen."

Am nächsten Morgen stand Jakob früher als gewöhnlich auf und begann mit seiner Arbeit. Auf seinem Gepäcksträger hatte er ein Paket für Peter Wolfinger, den angesehenen Mann, den Führer dieser Stadt. Als er an dessen Haus stehen blieb, um die Post abzugeben, hörte er merkwürdige Töne. Von plötzlicher Neugier erfasst, ging Jakob ans Fenster und drückte sein Ohr an die Scheibe. Ein freudiges Lächeln breitete sich auf dem Gesicht des Briefträgers aus.

Peter Wolfinger rief im Traum immer wieder das gleiche Wort aus: Es war ein tiefes, langgezogenes Ja.

Wiedergewonnene Lebensfreude strömte durch Jakob Semmelweiß. Er nahm sein Rad, fuhr von Straße zu Straße, und zwischen den täglichen Briefen und Zeitungen lag ein Zettel mit der Nachricht: Morgen, um 5 Uhr früh, Treffpunkt vor dem Haus des Führers.

Am nächsten Morgen versammelten sich die Bewohner der Stadt um das Haus Peter Wolfingers. Eine erwartungsvolle Stille breitete sich aus. Jakob stand allein beim Eingang des gepflegten Gartens, an einem Baum gelehnt. Plötzlich war es zu hören, zuerst undeutlich, dann immer klarer und lauter. Das JA des Führers. Da erhob sich ein Toben in der Menge, ein befreiendes Lachen und Weinen mischte sich in den Klang dieses einen Wortes. Peter Wolfinger war aus seinem Traum erwacht, stand im Morgenmantel am Balkon und starrte verständnislos auf die Menschenansammlung. Da erblickte er Jakob Semmelweiß. Erkennen, Zorn und Hass wechselten in den Augen Peter Wolfingers und schließlich das Eingeständnis seiner Niederlage. Er drehte sich um, schloss die Balkontür und schob den Vorhang vor. Niemand beachtete Jakob Semmelweiß. Dieser rückte leise lächelnd seine Mütze zurecht, nahm sein Rad und fuhr in den Park.

„Guten Morgen, Briefträger", grüßte Leopold,
„ich glaube, du hast dir eine Ruhepause
verdient."
Er nahm sein Brot aus dem Zeitungspapier, brach
es und reichte ein Stück Jakob Semmelweiß.